SUITE ORPHIQUE

FRANÇOIS CHENG

de l'Académie française

SUITE ORPHIQUE

99 quatrains

Postface de Daniel-Henri Pageaux

nrf

GALLIMARD

Il a été tiré de l'édition originale de cet ouvrage
quarante exemplaires sur vélin rivoli
des papeteries Arjowiggins numérotés de 1 *à* 40.

à ma mère

I

AUX VIVANTS
ET AUX MORTS

1

N'oublions pas nos morts ni notre propre mort ;
C'est le devoir-mourir qui nous pousse vers l'élan.
De l'indicible au chant, notre voix est orphique,
Transmuant les absents en d'ardentes présences.

2

La mort ne nous sépare point de nos morts, elle nous renvoie
À leur transformation. Entrons en échange avec eux
En vue du change. Toute aspiration montante participe
De l'indivisible Souffle qui sans relâche meut la Voie.

3

Les morts sont parmi nous, se mêlent à nos heures,
Nous intimant d'être à l'écoute… Initiés,
À travers l'épreuve abyssale, au grand secret,
Ils n'auront de cesse qu'ils ne nous l'aient confié.

4

J'irai là où tu es passée, là où,
Tendant la main, tu n'as reçu aucun geste,
Criant au secours, entendu nul écho,
Toi, pain Pitié qui désormais me nourrit.

5

Je te rejoins par-delà effroi et chagrin
Et nous retraversons le pont comme jadis.
Sur l'autre bord, un champ que rien n'a pu atteindre ;
Déjà fleurissent les sangs plus vifs que nos cris.

6

Je lève la tête, et tu es là,
ton être entier en un regard:
Au milieu des rides, éclate
un iris taché de rosées…

7

Quand nuitamment nous vient la voix d'un être cher
depuis longtemps parti, s'ouvre en nous une voie vive,
Voie de l'âme, voie de larme, source d'un courant
nous conduisant en secret jusqu'à l'Autre-Rive.

8

Nous sortirons de l'errance ;
tout n'est plus que retrouvailles.
Au bout des allées : mésanges !
et le long des étangs : cailles !

9

La mort n'efface rien ; Orphée persistera
À se retourner, tirant de l'ombre l'aimée.
Le Vide-médian tournera le tout en chant,
Et le corps déchiré en souffle résonnant.

10

La longue attente a eu raison de la séparation :
Au bout du temps tu es venue pour la sublime étreinte.
Bouvier et Tisserande flambant le fleuve de part en part,
Le courant ravivé noie toute nostalgie en son sein.

à B. B.

11

Il suffit d'un signe, je reviendrai vers toi,
Franchissant les saisons, franchissant l'horizon.
Nous rejoindrons la Voie, nous retrouverons l'émoi,
Sachant que tout provient de l'unique donation.

12

Que ton attente de l'être aimé soit dénuée d'impatience ;
Tout le trajet de sa venue fera partie de ta joie.
Ce trajet, de fait, abolit le temps ; l'être aimé n'est-il
De toute éternité en route vers toi, toujours déjà là ?

13

Et puis, un jour, tu affrontas la souffrance,
T'éloignas, laissant derrière toi la béance.
Nos jours ne sont plus qu'un jardin délaissé.
Parfois, tu souris, là, au bout de l'allée…

14

Deux cœurs foudroyés
face à l'impossible amour ;
Deux vies sublimées
anéantissant la mort.

15

Vous êtes tous en moi, vous mes morts, plus vivants que jamais,
En moi vos douleurs consumées, vos désirs inaccomplis.
Nous nous prolongeons en longs échanges ou en impromptus ;
La Vie totale poursuit ainsi sa passion continue.

16

Alors que l'un oublie, l'autre se rappelle tout ;
Leur passé commun n'est plus que muette souffrance.
Mais l'être et l'être s'interpellent : naît de l'inconnu
Un amour autre : longue route de tourment semée de grâces.

17

À l'heure creuse de la douleur sans nom, il est là,
Près d'un vieux meuble, sans savoir quel désir formuler.
Les arbres fleurissent, les chiens aboient, lui l'être de trop,
Seul à humer, de l'automne pourri, l'odeur de fumée.

18

Silence du jour, quelqu'un est là, se demandant pourquoi
Ce ciel, ce sol, ces gouffres, ces deuils. Où sont passés les autres,
Tous les autres ? Qui pense encore à lui, le tout de lui ?
Silence du jour, quelqu'un se demande : à qui le dire ?

à Suzanne Tartière

19

Toi, tu réponds à tous les appels ;
Tant de vies se voient ainsi sauvées.
L'âme sainte est grand cèdre offrant
Son abri à tous corps en urgence.

20

« Tu es entré dans mon rêve,
sachant que je pense à toi. »
Du Fu rêvant de Li Bo
Parle à tous les « toi et moi ».

21

Je pense à un ami sans qu'il le sache ;
Quelqu'un pense à moi sans que je le sache.
Muette pensée, tu panses telle une gaze
Les cœurs en manque, humble mais efficace !

22

Ce chant né de notre entente
Tant sa parole nous enchante
Que nous voulons être en vie
À seule fin d'encore l'entendre.

23

La mort qui rend tout unique est l'unique accès
À la transformation. Face à elle, on laisse tout,
Gardant seul ce que Dieu même ne peut remplacer :
L'amour inachevé d'une âme singulière.

II

À LA VIE D'ICI

24

Heures indicibles, heures indécises,
Heures d'éclaircie, heures obscurcies,
Heures de pur néant, heures de lâcher-prise,
Heures de dire non ou oui, heures d'ici.

à Michel Zink

25

Ô Vie, seule voie non répétitive mais en devenir,
Tu es l'unique aventure faite d'étapes et d'étages.
En toi les sentes mènent aux fleurs et les collines aux nues ;
À notre passage, les paysages se découvrent visages.

26

Je t'apporte cette azalée, mystère plus pur que nos mots :
Corolle au parfum murmurant née d'un rêve lointain.
De quelle nuit originelle ? De quelle lave initiale ?
Sa grâce énigmatique n'a d'égale que la tienne.

27

Après la pluie, traversant le miroir,
À pas lents, une silhouette vient vers moi.
Aérienne diaprure d'un jour lavé :
Est-ce un ange, ou une fée… mais c'est toi !

28

Fleur, est-ce une fleur ? Brume, est-ce la brume ?
Arrivant à mi-nuit, s'en allant avant l'aube.
Elle est bien là, rêve d'un printemps éphémère ;
Elle est partie, nuage du matin, nulle trace.

29

Parfois nos rêves fous d'un coup se réalisent,
Tel un oiseau qui chante, un arbre qui fleurit.
Entre la Vie et nous, un accord se noue ;
Le royaume est bien là, hors de nous et en nous.

30

Soudainement s'installe le silence : oiseaux
À flanc de roseaux, abeilles le long des treilles.
L'homme, lui, se tient coi ; monte alors du sol
Un chant, tacite entente des âmes en éveil.

31

Toujours l'arbre déploie ses branches,
Toujours la pie vient y percher.
Toujours le temps ramène l'enfance,
Pour faire durer le bref été.

32

L'arbre aussi a son ubac et son adret,
L'un se penche au sol, l'autre se hisse aux nues.
Pas un moment il n'oublie son double destin :
La sève obscure s'éblouit d'outre-ciel.

33

Une longue plainte transperce toute la forêt
Qui saigne de ses feuilles couleur d'écarlate…
Ô brame terrestre, saisonnier cri d'amour ;
Ô brame crève-cœur, immémorial cri de l'âme.

34

Trois sapins sur un tertre, indiquant
La juste distance. L’espace autour
S’anime alors du haut souffle rythmique,
Et la saison prend la céleste rondeur.

35

On chantait jadis The last rose of summer *;*
Je hante à présent l'ultime feuille d'hiver.
La feuille tout entière consent à sa chute ;
Le cœur humain ne sait où vont ses regrets.

36

De la vallée s'élève le chant d'une flûte ;
Médusées, les nues vagabondes se figent.
La terre, elle, s'évade, loin de son enclos,
Dans l'innommée sphère où tout n'est plus qu'ouïe.

37

Pierre à la flamme qui se propage,
Arbre à la sève qui se soulève,
Étrange terre aux désirs pressants :
En nous ses sourdes poussées sans trêve.

38

Même éclatée en morceaux,
tu demeures don de feu, pierre,
Témoin de la prime gloire,
inextinguible étincelle !

39

Pierre à lichens
Prête à éclore
En bouton-d'or
Ou cyclamen…

à un papillon

40

Toutes les couleurs du monde se concentrent dans tes ailes ;
Elles y forment les signes sacrés de la métamorphose.
Humble rampant, te voilà aérien, semant, propageant
L'immarcescible félicité des pétales en vol.

41

Le vol d'aigle nous répète que non clos
Est le monde. Tout lieu du sol s'ouvre au ciel.
Ce qui divise ici rassemble là-bas ;
S'inspirer, c'est se laisser aspirer.

42

Dès l'aube un pigeon voyageur nous apporte l'ultime message
De la brise des pins succombée au mirage des îles.
Son roucoulement nous rappelle nos réveils d'autrefois :
Les longs appels à cœur fendre que nous lançait l'Infini.

43

Les vagues marines prolongeant la vaste terre
Nous emportent toujours plus loin vers l'inconnu.
De ces vagues pourtant nous étions bien issus.
En notre propre nuit demeure le vrai mystère.

44

D'un coup de faucille, la lune éventre la mer,
Sang répandu, entrailles versées, ô drame cosmique
Dès le début ! Est-ce l'amour ? Est-ce la haine ?
Lune de marée, marée de lune, chant de sirène…

45

Qu'il vienne, qu'il vienne,
Le Temps qui chante sa fin de règne !
Qu'il vienne, qu'il vienne,
Le Vent qui lance son ère suprême !

46

Herbe sauvage qui partout hantes nos horizons,
Tu es la couleur vitale de la planète nôtre.
Inlassable, j'ai traqué les rayons verts dont tu émanes,
Du bord des mers d'émeraude jusqu'à l'aurore boréale.

47

Du fond de la verdure se détache
Une tache rose prête à prendre forme.
Sera-t-elle prunus, ou orchidée ?
Flottante, elle préfère promesse rester.

48

Sous le ciel du soir, seul tu es donc là, mulet,
Au bord d'un chemin à l'abandon, usé, tremblant,
Emblème de la solitude terrestre… Pourtant,
T'ayant croisé, jamais plus je ne me sens seul.

49

Vaste ciel sur vaste plaine,
Les oies en vol sont passées ;
Une seule est là, à la traîne,
Avant la chute, crie sa peine.

50

Épiphanie qui nous tient en alerte :
Qu'un sanglier troue le sous-bois, qu'une oie
Éventre les nuages, et nous surprenons
Le monde, chaque fois pour la première fois.

51

L'air absent, elle traverse la place, sans savoir
Que rend l'espace divin la grâce humaine :
Chevelure ravivant les respirs des lilas ;
Pas aériens rythmant les murmures des fontaines.

52

Voici que monte la brume
Nous invitant à une halte.
Senteurs et ramages nous reposent ;
Mais seule la cime nous exalte.

53

Au sommet d'un mont inconnu,
M'accueille sur sa tige un chardon.
Double patience pour une rencontre !
Une vie d'errance, une vie d'attente.

54

Ici, la fraîcheur de la demeure humaine ;
Dehors, mène au loin une route brûlante.
Les uns trouveront, d'autres s'égareront…
L'éternité se joue au gré des tournants.

55

Perdus dans la nuit, nous voici
dans une auberge sans visage.
La proche cascade nous prodigue, elle,
ses dons pérennes avec faste.

56

Une lueur zèbre la nuit
Abrégeant un tant soit peu
L'attente de l'aube blême
Des êtres sans feu ni lieu.

III

AU DIVIN

57

Vraie Lumière
celle qui jaillit de la Nuit ;
Et vraie Nuit,
celle d'où jaillit la Lumière.

58

Les désirs que nous portons en nous
ne sont-ils bien plus grands que nous ?
Si grands qu'ils rejoignent l'originel
Désir par quoi la Lumière fut.

59

Puisque l'Être est,
de même son Désir,
Sans fin il fait naître,
et sans cesse fait dire.

60

Je suis, parce que Tu es,
Tu es, et par Toi, Je suis.
Moi là, Tu es tenu d'être.
Hors l'amour, quelle autre issue ?

61

Nous n'avons que Toi comme répondant,
Et Tu trouves Tes répondants en nous.
Nous nous répondons par-delà le Temps ;
Toutes les âmes aimantes s'avèrent aimantantes.

62

Tu paries sur la Vie, nous parions sur Toi.
Tu comptes sur nous pour assumer tout le vivre,
Et nous sur Toi pour donner sens à nos vécus.
Passion créée par Toi ; nous en sommes l'enjeu !

63

On T'a reconnu à Tes gestes
et non à Ton visage,
Pardonnant geste qui libère,
Donnant geste qui partage.

64

Une fois de plus, Tu es là,
pleinement là, sans dire mot,
Afin que, pleinement aussi
nous soyons là, sans mot de trop.

65

Tant et tant de vies ont vécu,
Tant et tant de paroles sont dites.
Le dernier mot, nul ne l'entend ;
Toi seul qui sais, le diras-Tu ?

66

Le monde des astres nous apprend l'infini ;
Le monde du cœur nous apprend le devenir.
Les astres tournent sans but ; au cœur qui entend
Tu révèles ce vers quoi Ta puissance tend.

67

Toi qui transfigures, d'un geste quotidien,
Levant haut la théière, Tu verses le jet
Dans nos tasses vides : brûlant tourbillon
De fragrance-résonance, divine quintessence !

68

Or, dévisager Ta lumière nous aveuglerait ;
Il nous reste à creuser en nous-mêmes jusqu'au tréfonds.
Un âtre y entretiendrait une flamme en équilibre :
Juste éclat qui capte, ombre juste qui irradie.

69

Que de fois, un rendez-vous manqué nous laisse
désemparés ; l'être attendu n'est pas là.
Que de fois, l'Autre est là, mais n'ayant point
croisé notre regard, sans bruit, il s'en va.

70

Notre espace intérieur est gonflé de rêves d'évasion ;
Le temps des abîmes y lance ses mots d'ordre pressants.
De la souffrance à la vraie joie, nous suivrons la Voie étroite ;
Dieu se reconnaît en nos saints, mutuelle reconnaissance !

71

Nous entrerons dans le Verbe divin,
Nous épouserons son Souffle prophétique.
Tout ce qui est de Vie sera repris
Au cœur du nouveau cercle concentrique.

IV

EN CRÉANT AU SEIN DE LA VOIE

72

En advenant, tu nais ;
En devenant, tu es.
Sois toujours l'advenance,
En tout lieu, en tout temps.

73

Avoir dit tant de fois adieu,
tu te trouves de l'autre côté :
Toute une vie de déchirures
que renvoie un miroir brisé.

74

Rien ne peut plus faire
que tu n'aies pas vécu ;
Rien ne peut faire taire
ton cœur mis à nu.

75

Être réduit à rien
est le début de tout.
Que les mots survivants
t'arrachent de ton gouffre !

à Bénédicte Plumey

76

Par-dessus terreur et douleur, tu as tout
Consumé et renouvelé. Élevant
Les créés par ta clarté créante, tu prends part
À la noble cohorte au destin transfiguré.

à Jean Lavoué,
le poète miraculé

77

Tu es allé au-delà de la mort ;
Tu en reviens, devenant la vie même.
L'arbre refait à neuf ses actes fonciers :
Le fût, la futaie, feuilles-flammes-fruits.

à Kim En Joong

78

Mille destinées en un seul sursaut ;
Dix mille épreuves en l'unique trait.
Toi qui m'as attendu à un tournant,
Tu m'apprends à poursuivre sans détour.

au poète Michele Baraldi,
lumière d'Italie

79

Les appels venus de loin,
Les appels surgis de près
Te pénètrent, te transpercent,
Toi dont l'âme est plaie ouverte.

80

Les êtres qui m'habitent, je les porte
Non en masse, mais un à un. Chacun
Vient à moi, chaque fois en méconnu ;
Les découvrant, je me vois, inconnu.

81

Les blessures causées par nous ne seront plus jamais
guéries, les autres sont loin ou morts pour nous pardonner.
Les blessures subies par nous sont toujours guérissables,
le pardon dépendant de notre propre liberté.

82

Chercher, c'est quelquefois trouver ;
Que de faits pourtant sans réponse !
« Les fruits, on comprend, mais les fleurs ? »
Être, c'est de tout s'étonner.

83

Un sursaut, un envol,
Flèche gonflée de sang
Tout droit sur l'impensé,
Dans la nuit fulgurante.

84

Si tu as toujours soif, sois vin ;
Si tu as toujours faim, sois pain.
Deviens enfin le désir même
Où flèche et cible ne font qu'un.

85

Rappelle-toi la clairière où la forêt ouvre son cœur
Pour que nos confidences coulent enfin de source.
La lune est pleine, et nos vœux insensés exaucés.
La vraie vie, en un éclair, dévoile sa splendeur.

86

De flamme et d'azur,
Alouette au chant pur,
D'un jet, tu accèdes
À la plus haute fête !

87

L'invu l'insu l'inouï
Vous nous tenez en haleine.
De vous nous rêvons, sans vous,
Notre quête serait vaine.

88

La beauté est une rencontre, toute présence
Sera par une autre présence révélée.
D'un même élan, regard aimant figure aimée ;
D'un seul tenant, vent d'appel feuilles de résonance.

89

Notre intériorité, qui peut la jauger ? Son temps
Est la mémoire, et son espace l'imagination.
Ô univers sans limite au cœur d'un corps minime !
Ô brève vie se mesurant à un monde sans fond !

90

Sommes-nous la finitude ? En nous gît
Ce par quoi l'infini se manifeste.
Mourir, est-ce retomber en non-sens ?
Ou retourner, consentant, à l'essence ?

91

Que valent les cailloux dans le fracas d'une chute ?
Que valent nos corps sous la houle des galaxies ?
Un œil qui voit, un cœur qui bat, en un instant,
L'univers est plain-chant déchirant sa propre nuit.

92

Cette trop belle nuit nous remue les entrailles ;
Tant d'astres et de fruits sont là au rendez-vous !
Ils sont là pour nous seuls, car seuls nous les voyons ;
Ô Toi qui sais, sois enfin là, présent à tous !

93

Si nos cœurs forment constellation,
Les astres afflueront vers nous
En pluie bienfaisante. La terre fondra
Dans la Voie où tout féconde tout.

94

Grandeur de l'espace :
astres aux feux entrecroisés ;
Grandeur de l'espèce :
âmes aux douleurs transcendées.

95

Être ici les yeux ouverts et le cœur battant
fût-ce le temps d'un seul éclair,
L'univers n'est plus là pour rien. Cet instant nôtre
vaut en durée l'éternité.

96

Non cycle mais cercle, on avance en ondes concentriques ;
Non rectiligne mais spirale, on s'élève de sphère en sphère.
Tout astre suit une orbite, nulle vie n'est à part,
Dans la longue lignée, on ne succède pas, on rejoint.

à Jean-Marie Rouart

97

Seule une haute flamme éteindra celle-ci ;
L'autre, aérienne, ne réduira rien en cendres.
Source même des âmes, elle les dépouille, les sublime :
Flamme-âme, âme-flamme, voie de la délivrance.

98

Nous n'échangerons pas les possibles ici
Contre l'aumône du ciel. Vivons encore :
Front dressé face à l'aube et à la nuit ;
Cœur brisé pour l'amour comme pour la mort.

99

Levons la tête et proclamons : la vie est à nous !
De cette vie nous avons tout assumé, l'extase
Comme l'atroce. La vraie vie n'est nullement absente,
Par nous sa dignité et sa liberté passent !

Une lecture

par Daniel-Henri Pageaux

Dans l'écriture de *Suite orphique*, on peut lire la rencontre – ou le dialogue – de deux passions du poète François Cheng : l'une pour une forme poétique particulière, le quatrain, genre majeur dans l'antique tradition chinoise qu'il a contribué à faire connaître et aimer, en particulier dans *L'écriture poétique chinoise* (1977), l'autre pour Orphée, figure mythique du poète dans la culture gréco-latine, puis occidentale, associée très tôt à une autre figure, celle du Christ. C'est dans ce courant poétique et spirituel qui va de Dante à Rilke et ses *Sonnets à Orphée*, en passant par Novalis, Hölderlin, Shelley, Nerval et Mallarmé, pour qui « l'explication orphique de la Terre est le seul devoir du poète », que l'on doit situer l'œuvre et la pensée de François Cheng, ce qui lui confère une place unique dans la poésie contemporaine.

Faut-il, à cette passion double, en joindre une autre, non plus d'ordre poétique, mais relevant – distinction qui paraîtra pour certains arbitraire – de l'histoire personnelle, d'un sentiment à la fois intime et universel qui s'appelle l'amour filial, en dialogue avec l'amour maternel ? François Cheng a souhaité placer sa *Suite orphique* sous l'invocation de la figure maternelle, acte de piété filiale qui est aussi amour-passion où se mêlent joie et chagrin, bonheur et douleur, nostalgie, au sens premier du terme : retour au temps passé, révolu et pourtant toujours présent au sein d'un flux de vie où vit à jamais le visage maternel. Impossible – pour moi du moins – de ne pas marquer un temps d'arrêt et méditer devant cette dédicace qui place *Suite orphique* dans la lumière de la figure première de la mère.

Si l'on revient, à présent, à l'écriture poétique de François Cheng, on se souviendra que son premier poème composé en français – il remonte à 1959 – est un quatrain : c'est aussi un hymne à la vie, tout à la fois sobre et intense, que je souhaite rappeler, comme en épigraphe à cette lecture :

Nous avons bu tant de rosée
En échange de notre sang
Que la terre cent fois brûlée
Nous sait gré d'être vivants.

Les quatrains de *Suite orphique* pourront paraître, dans leur ensemble, au lecteur français comme une manière d'apposition de deux distiques, tant la scansion entre le 2e et le 3e vers est souvent très marquée ; il sera sensible également à la chute du 4e et dernier vers, dans un esprit qui rappelle le sonnet. Il découvrira surtout, à partir d'un modèle posé pour être repris et modulé à l'infini, le jeu des variantes et des allitérations, des enjambements qui créent la surprise, des césures qui surgissent au cœur même d'un vers, autant de traits d'écriture – parmi d'autres – qui font de chaque quatrain l'expression d'un avènement poétique ou, pour reprendre François Cheng, d'une « advenance » poétique, mais aussi d'un moment essentiel d'une aventure humaine.

Placer cette *Suite* de quatrains sous le signe d'Orphée, c'est d'abord inscrire ces poèmes dans le parcours inaugural d'un mortel jusqu'aux Enfers pour sauver sa compagne qui, par excès d'amour, devra être abandonnée : telle est, en un premier temps, l'histoire que raconte le mythe. Orphée, par la suite, devient la figure symbolique d'un haut chant humain qui, par-delà la mort, relie les « âmes » appelées ici même (Q 61) « aimantes [et] aimantantes ».

De la forme choisie – la *Suite* – se dégage un double principe de composition : d'une part, la succession de scènes, de tableaux en un déploiement ample, varié, proche parfois d'une sorte de scénographie, se déroulant sous les yeux du lecteur ; d'autre part, le souci d'une ordonnance, d'un certain ordre, très présent dans la tradition musicale classique française où le mot « ordre » est quasiment synonyme de « suite », par exemple les « 27 ordres en 4 livres » de François Couperin. Ainsi est-on amené à s'interroger sur des effets d'agencement, de regroupement de pièces diverses, selon des thèmes, des rythmes différents, pour mettre en lumière un ample jeu de variations dans un tout fondé sur la diversité et l'harmonie.

Sans doute François Cheng a-t-il déjà offert à son lecteur l'inclassable « somme » poétique qu'est *Le livre du Vide médian* (2004). Dans un registre dramatique et musical, *Quand reviennent les âmes errantes* (2012), « drame à trois voix avec chœur », est construit selon une ordonnance particulière, au sein d'une action, tour à tour épique et lyrique, dans laquelle Gao Jian-li, musicien inspiré, apparaît comme une figuration d'Orphée – ou de son double chinois, l'antique Qu Yuan – à qui incombe la tâche de « transmuer en chants les épreuves subies et les cris étouffés ». Mais il convient de lire *Suite orphique* dans sa pleine et entière originalité.

*

Je viens de parler de déploiement, de succession qu'on peut mettre d'emblée en évidence avec les différents mouvements – quatre – qui scandent la *Suite*. Le premier, « Aux vivants et aux morts », paraît introduire, en 23 quatrains, au grand mystère qu'est le mythe d'Orphée. Puis, en deux mouvements contrastés, et par là même complémentaires, à l'évocation de la « vie d'ici », le mouvement le plus ample avec 33 quatrains, répond « Au Divin », le mouvement le plus bref avec ses 15 quatrains, pour s'achever sur le principe dynamique de la « Voie », caution et justification de toute « vraie vie », avec 28 quatrains regroupés sous le titre « En créant au sein de la Voie ».

On peut lire aussi les trois premiers mouvements comme un tout auquel correspond, à un plan supérieur, le quatrième et dernier qui entre en dialogue avec la « Voie ». Ne parlons pas d'enchaînements dialectiques ni même d'un principe de « dépassement ». Si celui-ci est au cœur de la pensée de François Cheng, il ne prend son sens que dans un mot clé, *entre*, lequel préside, ici aussi, au déroulement des mouvements de la *Suite*, et, plus encore, au sein de chaque mouvement, et d'abord dans le premier, dont le titre, en forme de diptyque, oppose et unit, rassemble les « vivants » et les « morts ».

Avec les trois premiers quatrains, le poète offre, de façon quasi musicale, les grandes lignes – *leitmotive* – qui structurent le premier mouvement ainsi que les éléments à partir desquels est librement reprise l'histoire d'Orphée. Premier impératif, d'ordre moral : « N'oublions pas nos morts » (Q 1, v. 1), suivi d'un correctif ou d'un additif, le second hémistiche : « ni notre propre mort », où l'on retrouve le Rilke du *Livre de la pauvreté et de la mort*, cité dans *Cinq méditations sur la mort* : « Seigneur, donne à chacun sa propre mort ». Second principe : la mort, ou plutôt le « devoir-mourir qui nous pousse vers l'élan » (Q 1, v. 2). François Cheng a expliqué ce qui a été pour lui, très tôt, une intuition fondamentale : « la proximité de la mort qui nous poussait dans cette ardente urgence de vivre ». On lira donc ce « devoir-mourir » comme une manière de nommer un principe de vie. Dès lors, la « voix orphique » qui naît « de l'indicible au chant » (Q 1, v. 3) a pour vocation de « transmu[er] les absents en d'ardentes présences » (Q 1, v. 4). « De l'indicible au chant », tel est aussi l'espace accordé au premier mouvement pour se déployer.

La mort, loin d'être séparation (comme dans le « mythe » d'Orphée), est ici « transformation » (Q 2, v. 2), laquelle accompagne « toute aspiration montante » (Q 2, v. 3) pour rejoindre la « Voie » (Q 2, v. 4). « Transformation » est une sorte de « trouvaille », mot cher aux surréalistes, mais aussi une parole poétique essentielle que l'on retrouvera au 23e quatrain en clôture du premier mouvement, comme pour l'enchâsser. La mort se transforme et elle transforme le vif quand il pense à elle, transformant son dire et sa logique de vie : c'est aussi le rare effet de la voix/voie orphique. Les morts, parce qu'ils sont « parmi nous » (Q 3, v. 1), ont des choses à dire aux vivants. On retrouve l'idée dans la première des *Méditations sur la mort* : « ils ont beaucoup à nous dire ». Mais il y a plus : à la base du thème de la « transformation », on lira l'idée fondamentale que la mort rend unique toute chose et toute vie. Ce qui confère à chaque être une valeur intrinsèque, en sorte que, au moment où la mort intervient, tous ceux qui ont aimé la Vie laissent « l'amour inachevé d'une âme singulière » (Q 23, v. 4). D'où le sens profond d'une authentique transmission et d'une transformation féconde.

Ainsi, il n'y a plus descente aux Enfers pour consulter les morts (la catabase antique), mais demeure entre morts et vivants un « grand secret » (Q 3, v. 3) qui fait des vivants de possibles « initiés » (Q 3, v. 2), mot associé à la tradition orphique. Nuançons : les vivants – « nous » – sont tous de possibles Orphées, cela s'appelle, comme l'a souhaité François Cheng, « être poète de sa vie ». Osons donc dire : morts utiles aux vivants, vivants utiles aux morts, puisque la mort ne sépare pas, mais réunit, agit *entre* vivants et morts.

À un nouvel Orphée, ou un Orphée revisité, correspondrait une Eurydice autre, nouvelle, au quatrième quatrain, identifiable par un participe passé au féminin (« passée », Q 4, v. 1). Comme l'antique Eurydice, elle tend la main (« tendant la main »), mais ne reçoit aucun « geste » (Q 4, v. 2) : elle est vue dans l'attitude fixée par le mythe, mais, « criant au secours », elle n'entend « nul écho » (Q 4, v. 3), nul Orphée ne surgit. Cependant, transcendant la légende, elle devient « pain Pitié qui désormais me nourrit » (Q 4, v. 4). On ne saurait mieux dire comment l'amour mythique se change en amour-charité, *caritas*, et comment l'antique mythe est ici subverti, transformé.

Or, ces premiers quatrains où domine la cadence de l'alexandrin figurent déjà dans *Une longue route pour m'unir au chant français*, dialoguant avec la prose du discours ou de la méditation, selon un principe cher à François Cheng. Ils apparaissent après la formulation d'une pensée ou un aphorisme : « La lignée humaine est une longue corde tressée qui permet l'ascension » qu'on peut tenir aussi pour une possible ligne de lecture. On découvre également que le dernier quatrain est celui-là même sur lequel se refermera *Suite orphique* : « Relevons la tête », est-il écrit, là où le 99e quatrain affirmera : « Levons la tête » ; demeure le même mouvement fondateur, ascensionnel. Ainsi, dans le temps même où François Cheng écrivait les pages autobiographiques d'*Une longue route*, il composait, en un étonnant contrepoint, le noyau de ce qui deviendra, au terme d'une prodigieuse expansion, le début et la fin – la matrice même – de la *Suite*. Par ailleurs, 30 « quatrains orphiques » viendront conclure le *Cahier de l'Herne* qui lui est consacré et qui est sorti en octobre 2022.

Revenons sur ce que nous avons nommé altération du mythe, laquelle se poursuit, puisque le « pont » qu'un « nous » traverse mène à « l'autre bord » (Q 5, v. 2 et 3) et qu'il n'est plus dès lors question de séparation, de perte de l'aimée. Cet « autre bord » deviendra plus loin (Q 7, v. 4), plus explicitement, « l'Autre-Rive ». Encore faut-il qu'un « je », substitut de la voix poétique, ait décidé de « rejoindre » non une mythique compagne, mais une femme, ou plutôt une présence féminine (Q 4, v. 1). La voix orphique chez François Cheng – on le voit – célèbre la passion amoureuse, mais aussi d'autres formes de l'amour humain, celles engendrées par le lien filial ou – on le verra – le lien d'amitié.

Ainsi, le premier mouvement s'élabore, quatrain après quatrain, sur des séquences, des motifs du mythe d'Orphée, rappelés, transformés, on voudrait dire transgressés : « Je lève la tête, et tu es là » (Q 6, v. 1), le « regard » de la femme (Q 6, v. 2) sont autant des rappels que des variantes du mythe ; il en va de même avec « l'errance » et les « retrouvailles » (Q 8, v. 1 et 2) qui placent le couple ainsi formé à l'opposé de l'histoire du couple mythique. Un autre scénario s'est substitué à l'antique, actualisé, et est devenu histoire intime : « Quand nuitamment nous vient la voix d'un être cher » (Q 7, v. 1), une nouvelle alliance entre « voix » et « voie » s'affirme

(Q 7, v. 2 et 3), et la mort, si elle est toujours présente, s'est changée en accès « à l'Autre-Rive » (Q 7, v. 4), en salut possible.

Dans ce premier mouvement où alternent « vivants » et « morts », ne parlons pas de thèmes, mais plutôt de larges coups d'archet dont on peut suivre les harmoniques et les variations : la mort (Q 1, 2, 3, 7, 9, 14, 15, 23) ; la vie, la Voie (Q 2, 7, 11, 14, 15, 16, 19, 22, 23). Tandis que le 15e quatrain reprend, selon une technique toute musicale, le quatrain d'ouverture (présence « en moi » de « vous mes morts », Q 15, v. 1), le 9e est déjà là pour rendre compte de la distance prise avec l'histoire d'Orphée. Ce quatrain, moment de pause et comme d'examen, est significativement repris de *Enfin le royaume*, comme si l'écrit, le dit, l'existant, étaient nécessaires pour avancer dans la *Suite* : « Orphée persistera / À se retourner, tirant de l'ombre l'aimée » (Q 9, v. 1 et 2). Mais la vérité poétique est à chercher non plus seulement dans la fable antique, mais aussi dans le « Vide-médian [qui] tournera le tout en chant » (Q 9, v. 3) et, plus loin, dans une autre référence chinoise, poétique et culturelle (Q 20, v. 3).

Poursuivant la transformation de l'histoire mythique en *Suite orphique*, le poète se tourne, comme sources d'inspiration, vers ses propres œuvres. L'allusion à la « séparation » qui n'existe plus entre êtres qui s'aiment, abolie par « la sublime étreinte » (Q 10, v. 2), peut renvoyer à l'aventure amoureuse de Lan-ying et de Dao-sheng dans *L'éternité n'est pas de trop*, tout comme, dans ce même roman, la mention faite de la constellation du Bouvier et de la Tisserande (Q 10, v. 3) renvoie à la fête du Double Sept. L'histoire romanesque du temps des Ming annule ou plutôt dépasse le récit mythique ancien, en ce qu'il n'y a plus, là aussi, de « séparation », le mot qui résume dramatiquement l'aventure d'Orphée et d'Eurydice.

Le « signe » (Q 11, v. 1) qui intervient dans un couple, entre un homme et une femme (« je reviendrai vers toi »), peut être lu comme une nouvelle distance prise avec la fable antique ainsi que la « donation » (Q 11, v. 4) que le couple se fait à lui-même, pour lui-même. Et lorsqu'il est rappelé que « l'être aimé [est] De toute éternité en route vers toi» (Q 12, v. 3 et 4), nous sommes à la fois très proches de l'intrigue romanesque citée et de l'antique fable, mais aussi à son opposé, puisque le «trajet de sa venue» (Q 12, v. 2) se conclut par les retrouvailles, par le «don» et non par la séparation et la mort qui ordonnent le mythe. Encore faut-il noter que ce moment de joie a été précédé par l'attente («Que ton attente de l'être aimé soit dénuée d'impatience», Q 12, v. 1), attitude qui caractérise, en l'ennoblissant, le personnage de Dao-sheng.

Retrouver des séquences du mythe d'Orphée au sein de ce premier mouvement paraît à terme tourner court. La dédicataire du quatrain 19 suit l'enseignement et l'exemple d'Orphée («tu réponds à tous les appels», Q 19, v. 1), mais il n'est nullement besoin d'invoquer le mythe antique : il s'agit d'une mortelle qui accomplit, dans sa vie d'être humain, ce qu'a dicté son cœur ou son «âme sainte» (Q 19, v. 3). Mieux vaut s'attacher à des ruptures de ton qui peuvent surprendre. Ainsi ce «il», totalement démuni, «près d'un vieux meuble» (Q 17, v. 2), incarnation ou symbole d'un monde sans amour, d'une profonde solitude. Et c'est encore le cas pour ce «quelqu'un» totalement délaissé («Où sont passés les autres», Q 18, v. 2).

Il faut admettre que la *Suite* a été conçue, composée, pour accueillir les disparités tonales, les diversités thématiques, comme c'était déjà le cas dans *Le livre du Vide médian*. On en a un exemple avec le quatrain 13 qui, par l'emploi du passé simple, joue sur un effet de surprise, ou plutôt sur un drame humain, évoqué sobrement, et sur son complément, au quatrain suivant. C'est ce dernier qui permet d'avancer l'image d'un couple qui affronte l'épreuve de la maladie, de la «souffrance» (Q 13, v. 1) et le désarroi qui s'ensuit : «Nos jours ne sont plus qu'un jardin délaissé» (Q 13, v. 3). Mais ce que raconte ce quatrain, presque de façon romanesque («Et puis, un jour, tu affrontas…»), se trouve complété et transfiguré par le suivant (Q 14) qui repose sur le jeu du double parallélisme et la double opposition : «Deux vies»/«Deux cœurs» et «impossible amour»/«anéantissant la mort».

Enfin, ultime variation thématique qui s'éloigne de l'histoire mythique, mais non de la place du poète en ce monde : l'exemple de l'amitié qui unit Du Fu et Li Bo (Q 20), poètes évoqués dans *Entre source et nuage*, et la reprise, actualisée, au quatrain suivant : « Je pense à un ami sans qu'il le sache » (Q 21, v. 1). Ainsi, la *Suite* enchaîne, quasiment en marge de l'histoire mythique, les infimes drames d'une humanité diverse : c'est *entre* les « vivants » que demeurent désormais une possible exemplarité et un chant orphique, un et multiple. Il en va de même pour la *Suite* elle-même, « chant » qui devient thème, objet d'un quatrain, bref, allègre, « chant né de notre entente » (Q 22, v. 1). L'ultime quatrain rappelle – on l'a vu – la vraie nature de la Mort : « accès / À la transformation » (Q 23, v. 1 et 2) à laquelle même Dieu ne peut se substituer (Q 23, v. 3), en ce qu'elle est de la responsabilité des êtres humains, l'expression de leur amour mutuel, de leur volonté de vivre la « vraie vie », celle qui – dans le quatrième mouvement – épouse la dynamique de la Voie.

*

Qu'est cette « vie d'ici » à laquelle est dédié le deuxième mouvement ? La vie de « nous », les « vivants », et une succession surprenante d'« heures » (Q 24) : le mot était apparu de façon significative dans le premier mouvement (Q 3), associé aux morts présents dans notre quotidien. C'est maintenant la réalité de ce quotidien – redéfini – qui illustre et justifie l'étonnante répétition du mot « heures », en alternance avec un jeu d'oppositions (« indicibles » / « indécises », « éclaircie » / « obscurcies », « néant » / « lâcher-prise », « non ou oui »). L'« ici » apparaît, en ce début de deuxième mouvement (Q 24, v. 4), comme une autre suite, énoncée selon un principe temporel, alors qu'il est question de notre « vie d'ici ».

Les réitérations imposées par la chronologie de tous les jours vont se transformer, dès le quatrain suivant, en une vigoureuse opposition (« heures d'ici » / « vie ») tandis que s'énonce une autre « suite », une autre « vie » possible, associée à l'image de la « voie » et, précisément, « voie non répétitive » (Q 25, v. 1). De plus, le quotidien qui se décline selon une répétition, une fragmentation en « heures », va être aboli par la dynamique de la vie, de la voie, « en devenir » (Q 25, v. 1). On peut mettre en parallèle, en miroir, ce « en devenir » avec le premier quatrain (Q 1, v. 2) qui rappelle que : « C'est le devoir-mourir qui nous pousse vers l'élan. » Deux forces ici se répondent plus qu'elles ne s'opposent : Mort et Vie s'unissant dans le même flux vital qui annule la répétition sans issue des « heures ». La *Suite* met en évidence, sous la diversité et les apparentes ruptures de ton, sa profonde cohérence, sa logique « orphique » qui va au-delà de la mort et de la vie, les deux réalités qui définissent l'être humain, mais qui sont, par leur nouvelle union, placées dans une lumière nouvelle, celle qui doit présider à une sorte de *revue* poétique – figuration scénique de la *Suite* – de la « vie d'ici ».

Au sein de cet ample défilé – 33 quatrains – se dégagent plusieurs ensembles thématiques, mais c'est d'abord la transformation de « l'ici » en instants poétiques qui s'impose à la lecture : l'écriture poétique procède à une fragmentation de « l'ici » en de multiples ici et maintenant – *hic et nunc* – puisqu'il s'agit non plus de chanter en nouvel Orphée mais de dire notre présent, notre vie présente. On peut relever – comme dans *Enfin le royaume*, composé lui aussi exclusivement de quatrains – deux principes poétiques fondateurs : la multiplication des « instants-lieux » et l'instant « *vertical* », en empruntant le mot à Bachelard dans *Le droit de rêver*, dans lequel l'instant poétique « arrêté », ou « vertical » s'oppose au temps « horizontal », celui-là même des « heures » qui se répètent.

Par « instant-lieu » j'entends ici l'événement-avènement du don fortuit d'une « azalée », associée au « mystère », à « un rêve lointain » (Q 26), ou encore le surgissement (« Après la pluie, traversant le miroir ») d'une « silhouette » féminine nommée simplement « toi » (Q 27, v. 4). Oublions donc, désormais, toute Eurydice, oublions toute muse improbable, pour ne retenir que ce pronom, simple, irradiant, participant à la fois de l'élément terrestre (« À pas lents ») et aérien (« Aérienne diaprure d'un jour lavé ») (Q 27, v. 2 et 3), renvoyant à une présence réelle, physique, mais aussi à un surnaturel, féerique ou de rêve (« ange », « fée »), mystère, comme pour le quatrain précédent, de la présence – la présence de la présence... au sein des « heures » qui se répètent.

Dans cette « suite », cette chaîne d'instants ou « advenances », accordons une place particulière au « chant d'une flûte [qui] s'élève » (Q 36, v. 1), prélude à la transformation de la terre en un univers sonore « où tout n'est plus qu'ouïe » (Q 36, v. 4), François Cheng reprenant ici une des ultimes poésies de Rilke. Une manière de présence, ou de réalité, s'établit, entre le sujet poétique et ce qu'on nomme réel : « fleur », « brume » (Q 28), « arbre » (Q 32, v. 1), « vallée » (Q 36, v. 1), associés au passage fugitif, à l'éphémère, mais aussi à l'inespéré, à la manière d'un don. Notons que le quatrain 28 est une libre reprise d'un poème de Po Chu-I recueilli dans *Entre source et nuage*. C'est aussi l'instant assimilé au fragment d'un « ici » transfiguré : instant comparable à « un oiseau qui chante », à « un arbre qui fleurit » (Q 29, v. 2), instant unique, en ce qu'il préside à un « accord » entre « la Vie et nous » (Q 29, v. 3), à l'existence d'un autre double royaume (« hors de nous et en nous », Q 29, v. 4), une « entente des âmes en éveil » (Q 30, v. 4), un phénomène marqué par un « silence » inattendu, précédant un infime miracle (« Soudainement », Q 30, v. 1), ou encore, instant d'un « drame cosmique » (Q 44, v. 2), introduit par une brutale, surprenante métaphore (« D'un coup de faucille, la lune éventre la mer », Q 44, v. 1) ; instant enfin nommé, transfiguré en « Épiphanie » (Q 50, v. 1), mot emprunté au registre religieux, associé à la lumière stellaire, mais aussi mot cher au romancier Joyce quand il veut signifier ce qui rompt la durée et la prose du monde. La venue, ou mieux l'irruption de l'instant, sous la forme du « Temps qui chante sa fin de règne » ou du « Vent qui lance son ère suprême », fait l'objet d'un quatrain en vers brefs, allègres (Q 45), *scherzo* tranchant sur toute série, toute suite, toute répétition « d'heures ».

L'instant poétique, antithèse et complément de la « vie d'ici », n'exclut nullement l'organisation en scènes, en tableaux qu'on nomme justement instantanés, d'où se dégage un symbolisme discret, volontiers associé, dans la coulée des quatrains, à des sortes de cycles : végétal, minéral, animal. Pour ce qui est des animaux, je n'invoquerai pas Orphée charmant, selon la légende, le monde animal, mais plutôt François d'Assise parlant aux oiseaux du ciel et au « Cantique des créatures » que François Cheng a voulu inscrire en point d'orgue à son *Assise : Une rencontre inattendue*. Quoi qu'il en soit, relevons ou nommons : le papillon qui apparaît, métaphore à l'état naissant, des « pétales en vol » (Q 40, v. 4), le pigeon voyageur dont le roucoulement est associé aux « réveils d'autrefois », mais aussi aux « longs appels [...] que *nous* [je souligne] lançait l'infini » (Q 42, v. 4), vol d'aigle qui « nous répète que non clos / Est le monde » (Q 41, v. 1 et 2), mulet « Au bord d'un chemin à l'abandon » qui devient « Emblème de la solitude terrestre » (Q 48, v. 3), oie sauvage restée « à la traîne » (Q 49, v. 3), qui rappellent peut-être les deux êtres inconnus, abandonnés, séparés, du premier mouvement (Q 17 et 18), symboles de la solitude et de la douleur.

Si nous passons au végétal, citons le chardon qui attend le poète au terme de son ascension, comme figuration d'une « Double patience pour une rencontre » (Q 53, v. 3). Ou encore, dans l'espace naturel, l'auberge « sans visage » où une cascade est un réconfort (« ses dons pérennes ») pour « nous », « Perdus dans la nuit » (Q 55), et l'on observera comment l'instant de cette rencontre pour le « nous » s'oppose aux « dons pérennes » de la Nature, laquelle assure présence et générosité, au-delà de tout temps compté.

Tout élément du monde naturel, sensible, peut devenir ainsi objet poétique, moment de la *Suite* qui ne peut être que de reconnaissance et avant tout de re-connaissance : les « vagues marines » d'où « nous étions [...] issus », laissant intact « le vrai mystère » de notre être (Q 43, v. 1, 3 et 4), le vert de l'herbe sauvage « couleur vitale de la planète nôtre » (Q 46, v. 2). Tout élément, tout lieu est, ou peut devenir, un instant de révélation, à preuve « Une tache rose prête à prendre forme » (Q 47, v. 2), saisie donc à l'instant où elle

« advient » en poésie, de même tout élément du réel, de « l'ici », en tant que mot grâce auquel s'établit une relation signifiante entre la chose, le lieu et « toi » ou « nous ».

Chanter « l'ici », la « vie d'ici », c'est aussi reprendre, en une sorte d'épopée lyrique, une genèse nouvelle, célébrer l'arbre et la pierre (Q 31, 32, 33, 37, 38, 39) qui sont déjà présents dès le recueil de François Cheng *Double chant* en ce qu'ils représentent les sujets que l'apprenti peintre chinois devait apprendre à dessiner et à peindre. Arbres et pierres « incarnent des vérités essentielles » rappelle François Cheng dans ses *Entretiens*. Chanter l'ici, c'est aussi célébrer le grand cycle saisonnier : le printemps (Q 28, v. 3), l'été (Q 31, v. 4), l'automne avec « ses feuilles couleur d'écarlate » (Q 33, v. 2), l'hiver (Q 35, v. 2). Ou plutôt, savoir, pouvoir passer de l'instant au temps saisonnier et, plus largement, mettre en lumière le sens possiblement ontologique de la présence d'un animal dans la Nature, pouvoir dire poétiquement la relation *entre* l'ici et l'infini, l'un et le divers, l'intérieur et l'extérieur. Ou encore, saisir la rencontre de l'humain et du divin dans la marche d'une passante presque baudelairienne (Q 51), capter l'éphémère au sein du répétitif, célébrer le miracle au sein du quotidien, regarder l'arbre et la muette leçon de la montée de la sève jusqu'à l'« outre-ciel » (Q 32, v. 4), voir la métamorphose de la pierre en flamme (Q 37), de la pierre en fleur (Q 39), contempler « Le monde, chaque fois pour la première fois » (Q 50, v. 4), comme François Cheng a eu la grâce de pouvoir le faire, lorsque, s'emparant du français, il a nommé les choses – il le rappelle dans *Le dialogue* – « comme au matin du monde ».

*

Quand le poète décide, en un troisième mouvement, de se tourner vers le Divin – « Au Divin » – que veut-il nous dire ? L'irruption du Divin, même par l'intermédiaire de la voix orphique, ne peut qu'introduire – semble-t-il – une rupture, une scansion majeure dans la *Suite*. C'est oublier les liens, les rapports, forts et multiples, entre voix/voie orphique et voie christique que François Cheng a rappelés, par exemple dans *Le dialogue*. Ou encore, dans les *Cinq méditations sur la beauté*, sa remarque sur le bouddhisme *chan* qui « fait irrésistiblement penser à une autre voie, celle d'Orphée » et l'exemple de « la légende de Mu lian qui se rend en Enfer pour sauver sa mère » qui prend ici, si l'on songe à la dédicace du recueil, une résonance toute particulière. Il n'empêche : s'adresser au Divin suppose un changement de perspective dans la parole poétique et dans l'ordonnance même de la *Suite*.

C'est alors que l'idée avancée plus haut, non sans prudence, d'une forme de dialectique au sein même de la *Suite* peut être reprise. Après l'hommage aux morts et aux vivants qui a été aussi une réécriture personnelle du mythe d'Orphée, après avoir arpenté, recensé le monde d'ici – « la vie d'ici » – le passage au plan du Divin dessine une singulière composition. Une architecture issue d'une tradition antique – aristotélicienne pour l'Occident – qui repose sur l'organisation tripartite de l'univers : Enfers sous terre (premier mouvement), terre de l'ici-bas (deuxième mouvement) et ciel, siège du Divin (troisième mouvement).

Si cette construction philosophique peut être accréditée, elle n'est qu'une explication partielle, incomplète, pour rendre compte de la nature et de la fonction de ce troisième temps auquel succédera… un quatrième, consacré à la « Voie ». Le Divin apparaît donc comme une étape vers autre chose qui le révèle, le dynamise : temps intermédiaire, articulé entre « l'ici » et la « Voie », nouvel ordre qui transforme de l'intérieur la vision tripartite. Dans la conception de celle-ci, ce qui est adressé au Divin demeure donc transitoire, mais aussi par là même médiateur entre l'ici et le principe premier de la Voie. Pour être premier, il ne pourra qu'être conclusif dans un ensemble conçu comme quête spirituelle, randonnée spirituelle/*shen-you*, unissant les transfigurations de la figure mythique d'Orphée, sa « christianisation » et la permanence de l'enseignement du Tao, comme Voie à la fois première et de synthèse.

J'avais avancé, à propos du traitement du Temps dans le deuxième mouvement, le mot de *genèse*. Ce n'est pas un hasard si le premier quatrain du troisième mouvement (Q 57) nous ramène, à un plan autre, supérieur, à ce moment premier du monde créé. Quatrain, ou plutôt double distique, il est un hymne sobre, dense, à la Lumière, selon une écriture familière à François Cheng, le parallélisme et le chiasme : Lumière (A), Nuit (B) // Nuit (B) Lumière (A). Il vaudrait la peine de reprendre le paragraphe consacré à la Nuit dans *Le dialogue* où François Cheng, citant Mallarmé, réfléchit sur la complémentarité de la Lumière et de la Nuit, sur la « nuit mystique » et « le risque d'aveuglement anéantissant », avant de citer ce quatrain qui ouvre le troisième mouvement. Et il était déjà dans le recueil *Qui dira notre nuit* et au début du deuxième mouvement de *La vraie gloire est ici*, intitulé « Lumières de nuit ».

Il m'apparaît important, ou mieux, symbolique, que ce quatrain soit repris à présent en ouverture du mouvement « Au Divin », comme pièce liminaire à un mouvement qui nous ramène au temps primordial de la Genèse : le Livre de la Genèse (1, 4) dans la Bible évoque la création de la Lumière sur une simple parole de Dieu, le fameux *Fiat lux*. Reprise, qu'est-ce à dire ? Le poète a dit, écrit, s'est tu, puis a redit, repris le quatrain. Il n'y a, de fait, ni reprise, ni redite. Non seulement, avec le quatrain 57, nous sommes au plus près des temps premiers de la création du monde, mais aussi à la naissance de la parole ou du « vouloir-dire » (*Entretiens*) : c'est, analogiquement, le troisième temps du « Voir » (Voir / Ne plus voir / Revoir), troisième « étape » de la perception et de la connaissance, selon Qing-deng, maître *chan* des Song, comme le rappelle François Cheng dans *Le dialogue*. L'idée de dialectique comme piste de lecture est retrouvée et confortée.

Cette Lumière inaugurale appartient au monde créé, c'est-à-dire, dans ce mouvement, un « nous ». Cette Lumière existe, mais elle est pour « nous » aveuglante (Q 68, v. 1). C'est à nous de chercher « en nous-mêmes jusqu'au tréfonds » une autre lumière : « âtre », « flamme », « Juste éclat » (Q 68, v. 2, 3 et 4). Cette Lumière est bien inaugurale, mais elle appartient au Divin, à son Désir – notons le singulier avec majuscule (Q 58, v. 4 et Q 59, v. 2) et non à « nous » puisque, d'une part, nous n'avons que des « désirs », au pluriel, « bien plus grands que nous » (Q 58, v. 1 et 2) et que, d'autre part, pour ce qui est de « naître » et de « dire », c'est vers « l'Être » et son « Désir » qu'il faut « nous » tourner (Q 59).

La totalité des 15 quatrains est adressée au Divin, c'est-à-dire à un « Tu », « Toi », avec majuscule, sous diverses apparences, ou plutôt présences. Celles-ci sont multiples, voire surprenantes : ce sont les manifestations inattendues du Divin dans ce qui est tenu pour le quotidien, *notre* quotidien. Dès lors, il importe d'être attentif aux signes, aux « gestes » (Q 63, v. 1), à « un geste quotidien » (Q 67, v. 1), à « un rendez-vous manqué » et à la présence possible de « l'Autre » (Q 69, v. 1 et 3), si *nous* souhaitons saisir, comprendre la réalité d'une transcendance au sein même de « la vie d'ici », pour reprendre le titre du deuxième mouvement. C'est par un « geste » que les pèlerins d'Emmaüs (Luc 24, 30-31) reconnaissent, dans l'auberge, l'Étranger qui les a rejoints sur la route. C'est entre nous que s'affirme le Divin et qu'il s'accomplit pleinement.

En suivant l'enchaînement des quatrains, en particulier 60 à 64, une évolution notable des rapports entre le Divin et « nous » aboutit à une sorte de co-présence (« Tu es là [...] Afin que, pleinement aussi, nous soyons là », Q 64, v. 1, 3 et 4), précédée de surprenantes mises en parallèle (« Tu paries sur la Vie, nous parions sur Toi », « Tu comptes sur nous »/« Nous [comptons] sur Toi », Q 62, v. 1, 2 et 3) et d'une inversion, dans une perspective traditionnelle, des rapports entre Créateur et créatures : « Moi là, Tu es tenu d'être » (Q 60, v. 3). Mais on se souviendra d'un quatrain de Silesius que cite François Cheng dans la quatrième des *Méditations sur la beauté* : « Mon Dieu, si je n'existais pas / Vous non plus n'existeriez [...] Avec ce besoin que vous avez de moi » et, plus encore, d'un fragment du *Livre d'heures* de Rilke : « Que feras-tu, Dieu, si je meurs [...] Moi absent, tu perdrais tout sens », cité dans la quatrième des *Méditations sur la mort*. Ce qui apparaît de prime abord comme l'inversion des rapports entre « le Divin » et « nous » peut aussi être mis en parallèle avec d'autres : l'inversion des rapports entre Orphée et Eurydice et celle qui a présidé à la « transformation » du rapport des vivants aux morts.

Il faudra attendre les deux derniers quatrains pour qu'apparaissent le mot « Dieu » (Q 70) et la formule « Verbe divin » (Q 71). Sous forme d'apostrophes adressées au Divin sont énumérés des sortes d'attributs traditionnels du Divin : « Tu es » (Q 60), « répondant » (Q 61), « Passion créée par Toi » (Q 62), « Tes gestes » (Q 63), « Tu es là, pleinement » (Q 64), « Toi seul qui sais » (Q 65, quatrain repris de *Enfin le Royaume*), « puissance » (Q 66), « Ta lumière » (Q 68). Ces quatrains adressés au Divin et à ce qui le constitue sont proches de la prière, du principe de la prière ; seule l'absence d'un enchaînement régulier évite le verset, base de la litanie, qu'on trouve chez un Péguy ou un Claudel. Mais ils prennent souvent, eux et d'autres, la forme apparemment spontanée de la poésie jaculatoire, le quatrain bref, jubilatoire, entre prière, célébration et action de grâce.

Sur cette relation entre « Dieu » et « nous », je reprends librement des échanges de vue avec François Cheng et l'enseignement que j'en ai tiré. Le poète entend repartir de la Mort qui nous pousse vers l'urgence de vivre, le besoin de nous accomplir dans un parcours fait de dépassement continuel. Se dépassant, l'être s'élève, tend vers l'Ouvert et la transcendance, en état de reconnaître la Vie offerte comme don inouï. Et quand le mot reconnaissance est prononcé, ce qui entraîne l'expression « mutuelle reconnaissance » (Q 70, v. 4), il peut enfin nommer Dieu. Car le vrai Dieu n'est pas de commandement, mais de dialogue. L'Humain est reconnaissant au Créateur de l'avoir créé, mais le Créateur est reconnaissant à l'Humain de prendre en charge l'aventure de la Vie.

Ces précisions – ce rappel selon François Cheng – permettent d'embrasser, dans un élan de pensée, les deux apparitions du mot « Dieu », à la fin du premier mouvement (Q 23) et à la fin du troisième (Q 70), éclairant par là même ce qui avait pu surprendre (Q 60, Q 62). Ce que nous avons appelé une inversion des rapports entre « Créateur » et « créature » apparaît à présent comme la relation normale, évidente, pour François Cheng, en ce qu'elle est l'illustration de la plénitude à accorder à cet *entre* qui transcende toute opposition, toute séparation.

Le dernier quatrain du mouvement (Q 71), avec ses deux futurs «Nous entrerons», «Nous épouserons», préfigure l'appel sur lequel se terminera le quatrième mouvement, avec deux impératifs: «Levons la tête et proclamons» (Q 99, v. 1) et de même l'image du «cercle concentrique» (Q 71, v. 4) appelle celle des «ondes concentriques» (Q 96, v. 1). Le recueillement et la contemplation ont fait place à une détermination qui ne peut s'expliquer que par l'action conjointe du Divin et de la Voie. Le troisième mouvement et ses moments de proximité avec le Divin ont comme préparé la Voie et son foncier dynamisme.

*

Je lis certains quatrains du dernier mouvement («En créant au sein de la Voie») comme des hommages à la «vraie vie», après les quatrains sur la «vie d'ici» du deuxième mouvement. Un point d'accord, de convergence – un parmi d'autres – entre les deux derniers mouvements, c'est bien la recherche de «la vraie vie», la capacité à la dire avec le secours du Divin (troisième mouvement) et de la Voie (quatrième mouvement).

Il est également dans cet ultime mouvement des quatrains qui relèvent d'une poésie gnomique, où se retrouvent conseils, formules et sentences morales, règles de vie. Le premier quatrain (Q 72) installe pour ainsi dire ce climat que je ne peux qualifier autrement que de moral – mais morale exigeante qui appelle le dépassement: «Sois toujours l'advenance» (Q 72, v. 3). Ce qui est jeu d'assonances, voire de rimes intérieures, si souvent pratiqué par François Cheng («advenant», «devenant», Q 72, v. 1 et 2), transforme ces conseils moraux en les rythmant, les faisant devenir pleinement poétiques. Mais la sentence demeure dans toute sa force: «Être réduit à rien / est le début de tout» (Q 75, v. 1 et 2); «Être, c'est de tout s'étonner» (Q 82, v. 4). Encore faut-il noter que ce vers ciselé, martelé, est précédé d'une manière d'expérience poétique où le «je» n'hésite pas à se montrer dans une sorte de «quête» («je me vois, inconnu», Q 80, v. 4). «Quête», assurément un mot essentiel pour et dans ce dernier mouvement, qui surgit au quatrain 87 (v. 4).

La tonalité morale est relayée et soutenue par l'emploi réitéré d'un «tu» dit éthique (Q 72, 73, 74, 75, 76, 77, 79, 84, 85). Il peut être associé à l'impératif («Si tu as toujours soif, sois vin ; / Si tu as toujours faim, sois pain», Q 84, v. 1 et 2), des vers qui paraissent sortis de psaumes, de livres «sapientiels», une sagesse cependant inquiète, toujours en mouvement, sagesse ouvrante et non refermée sur l'on ne sait quel précepte, quelle norme. Lorsque le «tu» n'est pas sollicité, c'est un «nous» auquel s'adresse la voix poétique (Q 87, 90, 92, 93), un «nous» souvent vu dans le mouvement précédent, mais qui ici interpelle son «répondant», son «interlocuteur» : il est seul face aux douleurs – très présentes – et à l'interrogation (nous parlions d'inquiétude) : «Sommes-nous la finitude ?» (Q 90, v. 1). Enfin, après le «tu» et le «nous», viendra le «on» avec lequel se retrouve la sentence à valeur générale et humaniste : «on ne succède pas, on rejoint» (Q 96, v. 4). Et c'est sur un «nous» que se referme la *Suite*, associé de façon significative à «la vraie vie» (Q 99, v. 3).

Dans ce qui revêt l'allure d'une recherche au plan humain sont avancés des exemples auxquels sont dédiés des quatrains (Q 75, 76, 78, 97). D'abord, une femme dont l'action et la trajectoire de vie montrent que «terreur et douleur» (Q 76, v. 1) peuvent être dépassées, mais *entre* ceux qu'on nommera les semblables, «les créés», pour permettre un jeu de mots, entre «créés» et «créante» (Q 76, v. 3), comme il y a eu, avant, «aimantes» / «aimantantes» (Q 61, v. 4). Insistons, puisqu'on parle de figure exemplaire, sur sa conformité avec l'ensemble humain, ou du moins «la noble cohorte» (Q 76, v. 4). L'exemple ne vaut qu'à proportion de ses possibilités, de sa capacité d'entraînement avec et au milieu des autres.

Le quatrain suivant (Q 77) est dédié à un homme, «poète

miraculé », qui, tel Orphée, est « allé au-delà de la mort », en est revenu (« Tu en reviens »), « devenant la vie même » (Q 77, v. 1 et 2), puisqu'il y a eu traversée symbolique de la mort, comparable enfin à « l'arbre » et à « ses actes fonciers », pour s'achever en une salve d'allitérations en hommage à la métaphore (Q 77, v. 4). Un autre quatrain (Q 78) est dédié au moine dominicain coréen, Kim En Joong, avec qui François Cheng a réalisé plusieurs ouvrages, laissant au maître les illustrations de poèmes choisis. Ici nous sommes au plus près du moment de création qui rejoint la « vraie vie ». Deux autres quatrains honorent respectivement le poète Michele Baraldi, « lumière d'Italie » (Q 79), déjà croisé dans la quatrième des *Méditations sur la mort*, et l'académicien Jean-Marie Rouart (Q 97), quatrain qui suscite une métaphore filée à partir de l'image d'une « haute flamme », se prolongeant en assonances (« flamme » / « âme »).

Dans ces quatrains, comme dans d'autres, la dimension morale, loin de disparaître, subsiste, transfigurée par l'image poétique : celle-ci est comme la trace d'une méditation antérieure dont il ne subsiste que l'éclat, sous forme d'image ou de métaphore, par exemple celle de la flèche, mais « gonflée de sang » (Q 83, v. 2), flèche, mais tout autant flèche et cible, double, donc à valeur symbolique, expression, symbole qui relaie la double réalité de la trajectoire de « vraie vie » (Q 85, v. 4) et de force (« jet », Q 86, v. 3). La métaphore, par sa capacité suggestive, figurative, se substitue au conseil moral, mais la raison d'être du quatrain est dans le conseil : sois flèche, avec ellipse du verbe à l'impératif. La réalité d'une autre vie, d'une vraie vie, est encore exprimée par l'alouette, sorte de flèche seconde (Q 86, v. 2) puisque le mot « jet » est repris et illustré par la « flamme », l'« azur » et le « chant pur », comme annoncé par l'« envol » (Q 83, v. 1). La métaphore, signe, trace du travail poétique, coexiste avec la comparaison à résonance non plus morale mais religieuse : « sois vin », « sois pain » (Q 84, v. 1 et 2). Et le quatrain 92 retrouve la forme et la tonalité de la prière qui caractérisait certains quatrains du mouvement précédent : « Ô Toi qui sais... » (Q 92, v. 4).

Le climat moral qui se déploie dans ce dernier mouvement accueille des quatrains qui sont des sortes de bilans de vie, résumés, condensés de trajectoires de vie, comme il a été dit (Q 73, 74, 75). La voix poétique se situe à présent « de l'autre côté », autre variante d'une séquence du mythe d'Orphée (Q 73, v. 2), « une vie de déchirures » (Q 73, v. 3), image peut-être d'un Orphée démembré par les Ménades. Le quatrain se fait constat : « Rien ne peut plus faire / que tu n'aies pas vécu » (Q 74, v. 1 et 2), prélude à une possible confession : « Rien ne peut faire taire / ton cœur mis à nu » (Q 74, v. 3 et 4), allusion possible au « cœur mis à nu » de Baudelaire. Et le quatrain 75 participe de cette vue rétrospective qui accompagne tout bilan ou survol d'une vie entrepris dans la plus simple et profonde sagesse, proche du renoncement : « Être réduit à rien / est le début de tout » (Q 75, v. 1 et 2).

Constats, bilans qui n'excluent pas les interrogations qui demeurent et qu'il faut rappeler, énoncer : qu'est-ce que « mourir » (Q 90, v. 3 et 4) ; interrogations qui portent sur le profil d'une vie, par images interposées (« cailloux dans le fracas d'une chute », « houle des galaxies », Q 91, v. 1 et 2). Mais le niveau purement moral est dépassé et la question est d'ordre philosophique, ontologique, d'autant plus nécessaire que le mal subsiste avec d'autres mots, d'autres figurations : « terreur et douleur » (Q 76), « plaie ouverte » (Q 79), « douleurs transcendées » (Q 94, v. 4), « cœur brisé » (Q 98, v. 4).

Une évolution pourtant se dessine dans les derniers quatrains, prometteuse, chargée de futurs (d'abord au sens grammatical) libérateurs, à preuve le quatrain 88 sur la « beauté », associée à une « présence » future (« sera », Q 88, v. 2). Nul doute qu'il faille voir dans ce mouvement d'espoir, dans cette ligne ascensionnelle, la présence, l'effet de « la Voie où tout féconde tout » (Q 93, v. 4). Avant, l'image du déchirement avait significativement changé de sens, appliquée à l'univers comparé à un « plain-chant », symbole d'harmonie, « déchirant sa propre nuit » (Q 91, v. 4), rappel de la présence et de la fonction de la Lumière initiale. Rappel aussi de l'ici, mais désormais associé à une intention supérieure : « Être ici les yeux ouverts et le cœur battant» (Q 95, v. 1), un ici qui n'a plus besoin de «l'aumône du ciel» (Q 98, v. 2). Un accord semble être trouvé entre macrocosme et microcosme, «espace» et «espèce», bien loin d'un simple jeu de mots (Q 94, v. 1 et 3) et l'instant recouvre sa pleine valeur, portée ontologique: «le temps d'un seul éclair» est mis en parallèle, en équivalence avec «l'éternité» (Q 95, v. 2 et 4). Une affirmation redit, dans sa simplicité apodictique, le sens à donner à l'univers: «L'univers n'est plus là pour rien» (Q 95, v. 3). Enfin, réponse est donnée à un autre poète (Rimbaud, «la vraie vie est ailleurs»): «La vraie vie n'est nullement absente» (Q 99, v. 3) et un «nous» revivifié, légitimé, assure à cette vraie vie «dignité» et «liberté» (Q 99, v. 4), *ultima verba* de la *Suite*.

*

99 quatrains écrits en 2022 et 2023 composent *Suite orphique*. Pourquoi 99? J'écarte toute forme de fidélité à un orphisme qui suppose des éléments cryptés, occultes. L'orphisme de François Cheng – on l'a vu – est dialogue, rencontre, avec comme horizon poétique et humaniste l'Ouvert de Rilke, chantre inspiré d'Orphée, sans orphisme.

Une écriture quasi journalière, sur près de deux années, s'est ordonnée en quatre mouvements et, avec ce nombre 99, la matière d'un journal, d'un «diaire», comme on disait jadis, accompagnant la vie au quotidien, est devenue un tout organique. Le choix d'un tel nombre fait signe, révélant qu'à la succession des travaux et des jours s'est substitué un autre ordre poétique, supérieur. Mais pourquoi 99? C'est au lecteur qu'il revient de répondre, d'interpréter, et d'être, comme le souhaite François Cheng, «poète de sa propre vie».

Je ne lis pas, pour ma part, un nombre, mais deux chiffres, le Double Neuf qui, au chapitre 24 de *L'éternité n'est pas de trop*, «marque le sommet de l'automne». La *Suite* ne s'achève pas, elle s'ouvre sur une fête, une suite de rites, pour célébrer un ordre du monde: « Ce jour-là, tout le monde grimpe sur les hauteurs pour y respirer l'air frais, et cueillir les branches de *zhu-yu* en signe de confiance dans la marche de l'an. Car, à partir de là, son cours effectue sa descente vers l'enfouissement hivernal. » Il me plaît d'imaginer François Cheng, à la suite d'Orphée, emmenant son lecteur sur les hauteurs de l'automne, mais aussi au plus profond de son être. Un poète de notre temps a invoqué Orphée, traçant un nouvel itinéraire poétique, entre les cultures, entre les mots, entre les vivants et les morts, de l'ici au Divin, de la vie à la Voie.

Demandons-nous plutôt ce qui a pu animer une telle *Suite*, sa raison d'être inespérée en ce XXIe siècle: pourquoi Orphée à nouveau parmi nous? Quel est ce message dont François Cheng est tout à la fois le porteur et l'interprète, dans et pour notre monde moderne? Le quatrième et dernier mouvement est tout entier traversé par l'affirmation du poète, sa conviction: l'aboutissement de la Création n'est pas le Cosmos constitué par les astres, mais la Vie. Les humains sont alors pleinement impliqués dans cette aventure unique qu'est la Vie, assumant des situations souvent tragiques mais en maintenant ouverte la Voie par leurs créations, par leur présence au monde. En tant que participants actifs de la Création, et en dépit de leurs misères et de leurs souffrances, ils acquièrent et affirment leur noblesse et leur dignité d'homme.

Dans *Une longue route pour m'unir au chant français*, François Cheng affirme que « tout vrai poète a pour vocation la voie orphique ». La *Suite* vient en démonstration éblouissante de la proposition poétique dans laquelle François Cheng a suivi l'exemple de Rilke, de Pierre Emmanuel avec son *Tombeau d'Orphée* et, comme il le rappelle, « les paroles d'inspiration orphique » prononcées par Victor Hugo lors de la mort de sa fille Léopoldine, « qui nous sont devenues si intimes à nous tous » (*Cinq méditations sur la mort*). Mais il a avant tout poursuivi l'union de la voie/voix orphique et de la voix/voie christique. Et l'on rappellera, pour illuminer cette *Suite orphique*, les paroles du Christ dans l'Évangile de Jean (14, 6): « Je suis la Voie, la Vérité, la Vie ».

Un poète de notre temps a chanté la mort et la « vraie vie », et son chant garde la triple empreinte de la voie orphique, de la voie christique et de l'enseignement de la « Voie ». Sa parole demeure désormais parmi nous, si nous voulons la lire, si nous souhaitons l'entendre. Mais au-delà de « nous », un poète de notre temps, à l'image de l'antique aède de l'*Odyssée* (VIII, 970), a composé sa *Suite orphique* « pour qu'aux gens à venir, le chant demeure ».

DU MÊME AUTEUR

Aux Éditions Gallimard

À L'ORIENT DE TOUT, « Poésie / Gallimard », 2005.

LA VRAIE GLOIRE EST ICI, 2015, « Poésie / Gallimard », 2017.

ENFIN LE ROYAUME, 2018, « Poésie / Gallimard », 2019.

Chez d'autres éditeurs

Recueils de poésie

DE L'ARBRE ET DU ROCHER, Fata Morgana, 1989.

SAISONS À VIE, Encre marine, 1993.

36 POÈMES D'AMOUR, Unes, 1997.

QUAND LES PIERRES FONT SIGNE, Voix d'encre, 1997.

DOUBLE CHANT, Encre marine, 1998, rééd. 2002. Prix Roger Caillois 1998.

CANTOS TOSCANS, Unes, 1999.

POÉSIE CHINOISE, Albin Michel, 2000.

QUI DIRA NOTRE NUIT, Arfuyen, 2001, nouv. éd. 2003.

LE LONG D'UN AMOUR, Arfuyen, 2003.

LE LIVRE DU VIDE MÉDIAN, Albin Michel, 2004, « Espaces libres », 2009.

QUE NOS INSTANTS SOIENT ACCUEIL, illustrations de Francis Herth, Les Amis du livre contemporain, 2005.

QUAND LES ÂMES SE FONT CHANT. Avec Kim En Joong, Bayard, 2014.

Romans

LE DIT DE TIANYI, Albin Michel, prix Femina, 1998, Livre de Poche, 2007.

L'ÉTERNITÉ N'EST PAS DE TROP, Albin Michel, 2002, Livre de Poche, 2008.

QUAND REVIENNENT LES ÂMES ERRANTES, Albin Michel, 2012, Livre de Poche, 2014.

Essais et traductions

L'ÉCRITURE POÉTIQUE CHINOISE, Seuil, 1977, « Points Essais », 1996.

VIDE ET PLEIN, LE LANGAGE PICTURAL CHINOIS, Seuil, 1979, « Points Essais », 1991.

SOUFFLE-ESPRIT, Seuil, 1989, « Points Essais », 2006.

ENTRE SOURCE ET NUAGE, LA POÉSIE CHINOISE RÉINVENTÉE, Albin Michel, 1990, « Spiritualités vivantes », 2005.

LE DIALOGUE, UNE PASSION POUR LA LANGUE FRANÇAISE, Desclée de Brouwer, 2002.

CINQ MÉDITATIONS SUR LA BEAUTÉ, Albin Michel, 2006, Livre de Poche, 2010.

L'UN VERS L'AUTRE. EN VOYAGE AVEC VICTOR SEGALEN, Albin Michel, 2008.

LA JOIE. EN ÉCHO À UNE ŒUVRE DE KIM EN JOONG, Cerf, 2011.

ŒIL OUVERT ET CŒUR BATTANT. COMMENT ENVISAGER ET DÉVISAGER LA BEAUTÉ, Desclée de Brouwer, 2011.

CINQ MÉDITATIONS SUR LA MORT. AUTREMENT DIT SUR LA VIE, Albin Michel, 2013.

ASSISE. UNE RENCONTRE INATTENDUE, Albin Michel, 2014.

ENTRETIENS AVEC FRANÇOISE SIRI, suivi de douze poèmes inédits, Albin Michel, 2015.

DE L'ÂME, Albin Michel, 2016.

UNE LONGUE ROUTE POUR M'UNIR AU CHANT FRANÇAIS, Albin Michel, 2022.

Livres d'art, monographies

L'ESPACE DU RÊVE, MILLE ANS DE PEINTURE CHINOISE, Phébus, 1980.

CHU TA, LE GÉNIE DU TRAIT, Phébus, 1986, nouv. éd. 1999.

ÉCHOS DU SILENCE. PAYSAGE DU QUÉBEC EN MARS. Avec des photographies de Patrick Le Bescont, Filigranes, 1988.

SHITAO, LA SAVEUR DU MONDE, Phébus, 1998. Prix André Malraux 1998.

D'OÙ JAILLIT LE CHANT, Phébus, 2000.

ET LE SOUFFLE DEVIENT SIGNE, Iconoclaste, 2001, nouv. éd. 2014.

TOUTE BEAUTÉ EST SINGULIÈRE, Phébus, 2004.

PÈLERINAGE AU LOUVRE, Flammarion-Musée du Louvre, 2008.

VRAIE LUMIÈRE NÉE DE VRAIE NUIT, avec des illustrations de Kim En Joong, Cerf, 2009.

Composition : Entrelignes (64)
Achevé d'imprimer
par CPI Firmin-Didot
à Mesnil-sur-l'Estrée, en février 2024
Dépôt légal : février 2024
Numéro d'imprimeur : 178746

ISBN : 978-2-07-305767-9/Imprimé en France

626857